VENTE
K. BODMER
Paris. — imprimerie Alcan-Lévy
EX LIBRIS LEMARIE

EXPOSITION PARTICULIÈRE

DE

Tableaux

PAR

K. BODMER

Ouverte les 24 et 25 Janvier 1886

De 10 heures à 5 heures

5, Rue de la Paix

GALERIE DES ARTISTES MODERNES

Exposition publique, Hôtel Drouot, Salle n° 1

Le Mardi 26 Janvier 1886, de 1 h. à 5 h. 1/2

Vente le Mercredi 27 Janvier, à 3 heures

M⁰ HENRI LECHAT, Commissaire-priseur, 6, rue Baudin

M JULES CHAINE, Expert, 5, rue de la Paix

Chez lesquels se distribue le Catalogue

CATALOGUE

CONDITIONS DE LA VENTE

La vente sera faite au comptant.

Les acquéreurs payeront cinq pour cent en sus des enchères applicables aux frais.

Imprimerie Alcan-Lévy. 18. passage des Deux-Sœurs

TABLEAUX

PAR

KARL BODMER

DONT LA VENTE AURA LIEU

HOTEL DROUOT

Salle N° 1

LE MERCREDI 27 JANVIER 1886

A 3 heures

COMMISSAIRE-PRISEUR

Mᵉ HENRI LECHAT, 6, rue Baudin

EXPERT

M. JULES CHAINE, 5, rue de la Paix

Chez lesquels on délivre le Catalogue

EXPOSITION PUBLIQUE

Le Mardi 26 Janvier 1886

De 1 heure à 5 heures 1/2

Karl Bodmer

L'Œuvre de l'artiste dont nous offrons une partie au suffrage du public, est considérable. Les quarante tableaux qui sont mis en vente sont loin d'être datés d'hier, puisque l'auteur, toujours bien vivant, expose depuis l'année 1836.

Karl Bodmer, né à Zurich en 1809, est l'un des derniers représentants de la grande époque de l'art français moderne. Il est un de ceux, avec Rousseau, Barye, Diaz, Troyon, Decamps, Cabat, Jacque, Millet, etc., qui, vers 1840, *découvrirent* la forêt de Fontainebleau, la grande Ecole de paysage de notre siècle.

Fixé à Barbizon depuis 1849, il a vécu dans le voisinage et l'intimité de plusieurs de nos grands maîtres.

Voué comme eux au culte de la vraie nature, il a consacré toute sa vie de travailleur acharné à la reproduire sous toutes ses faces.

Tout le monde connaît les magnifiques illustrations qu'il a semées à pleines mains dans la plupart de nos journaux illustrés : le *Monde illustré*, l'*Illustration*, le *Magasin pittoresque*, le *Tour du Monde*, la *Vie à la Campagne*, sans compter les publications particulières qu'il a faites seul ou en collaboration. Toutes les formes de la gravure ont popularisé ces pages magistrales, où la vie des bois et de leurs habitants est fouillée jusque dans ses plus intimes recoins.

Les tableaux que nous montrons aujourd'hui sont pour la plupart les originaux de toutes ses études sur la Faune et la Flore de notre pays.

L'auteur, qui s'en sépare avec regret, y a mis le meilleur de lui-même.

Un volume ne suffirait pas pour relater les jugements portés depuis un demi-siècle sur cet artiste consciencieux et sincère. Citons seulement les deux appréciations de Théophile Gautier et de René Ménard :

« La forêt n'a pas de mystères pour lui, a dit
« Gautier, — qui écrivit le texte de ce livre su-
« perbe : *La Nature chez elle*, — il en a sondé
« dans tous les sens les obscures profondeurs; il
« la connaît en héros de Fenimore Cooper, et, à
« cet instinct, il ajoute l'âme et l'œil d'un peintre.
« Que de marches il a faites sous cet impéné-
« trable couvert où se brisent les flèches du soleil
« dans les pénombres vertes des ramures, retenu
« au passage par des lianes et ne s'arrêtant que
« pour les respirer. C'est ainsi qu'il a pénétré la
« vie intime des bois et des hôtes plus ou moins
« farouches qui les habitent; il sait leurs allures,
« leurs mœurs, leurs amours, leurs retraites, les
« sentiers qu'ils fréquentent, la source où ils vont

« boire. Comme devant un vieil ami familier, la
« solitude ne se gêne plus devant lui. »

Dans sa *Géographie artistique*, René Ménard
s'exprime ainsi :

« Bodmer est, parmi nos artistes contempo-
« rains, celui qui a rendu le mieux les allures
« des bêtes de la forêt. Ses cerfs, ses sangliers,
« ses ours, ses renards, ses oiseaux de tous gen-
« res, forment une histoire à peu près complète
« des habitants des bois. Aucun maître ancien ni
« moderne n'a poussé aussi loin que lui l'obser-
« vation attentive de leurs allures et ne les a ren-
« dues avec plus de bonheur. »

Cet amant passionné de la nature avait commencé jeune à s'éprendre de son modèle. A l'âge
de vingt-deux ans, il prit part, comme dessina-
teur, à un long voyage d'exploration de trois
années dans toute la région de l'Amérique du
Nord, que l'on ne connaissait encore que par les
récits fabuleux des compagnons de Lafayette et
par les romans exaltés de Chateaubriand.

Bodmer vécut parmi les Indiens comme Salvator Rosa parmi les brigands.

A son retour, il publia un atlas des plus curieux, à Paris, en 1836, où l'on ne sait ce qu'il faut admirer le plus, de l'énorme somme de travail et de courage dépensée par ce jeune homme de vingt-sept ans, ou de sa scrupuleuse sincérité.

Ses albums contenaient plus de deux cents portraits d'Indiens et des centaines de dessins d'animaux. Toutes les études qu'il avait faites d'après nature, avec une précision rare, servirent de documents précieux aux ethnographes et aux naturalistes. — C'est à partir de ce moment, dit-il lui-même, que j'ai commencé à travailler.

TABLEAUX

DÉSIGNATION

1. Un Coup de soleil.

2. Le Rageur en 1860.

3. La Harde au Bas-Bréau

4. Cerf et Biches a la source.

5. Harde a la reposée.

6. Troupeau de Bœufs dans la forêt.

(La figure a été faite par Millet.)

7. Dix-Cors ralliant des Biches.

8. Rentrant des Gagnages *(effet de matin)*.

9. Renard a l'affut des Canards.

10. Le Lancé d'un Cerf dix-cors.

32. Renard dans la neige.

33. Biches sous bois.

34. L'Appel.

35. Biches aux écoutes.

36. La Curée.

37. Chevreuils aux écoutes.

38. Belettes guettant des Mésanges.

39. FOUINES ET CORBEAUX.

40. COMPAGNIE DE FAISANS.

41. CHARDONS ET PAPILLONS.